陥落

Kanraku

資延 英樹

砂子屋書房

*目次

第4章

第5章

第8章

装本・倉本　修

歌集 陥落

To the memory of
my mother

第0章

陥落 I

陥落はまだ始まつてゐないから楽観的な立場を守る
厳粛な事実関係瞭らかになるに従ひ見透し甘し
2×2=《ににんが》死　記憶に残すためにこそ言葉やあらめ行なひつづく
黄金比・等差数列・虚数解・無限旋律・夢幻戦慄

put inなる投げこみのことスクラムへラグビー・ファンなら誰もが知れば

「プーチンのことならなんでもまかせてて」アンゲラ・メルケル何思ふらむ

地図を購ふ合衆国とウクライナ大統領の値打ちが分かる

冷戦が決着したとき象徴のやうに迎へられてたMacが

WWⅢだけはね避けたいと躍起になつて考へるひと

顳顬を圧へる唾液分泌が促進されるツボだなこれは

鍵

失ひし鍵のことなれ屋内《やぬち》へと入りしときにはありたるものの
もう一度考へてみよ懐にこの言葉をや臥薪嘗胆
珈琲は歯茎で味はふ私見だがなにより旨い朝食のあと

鈴木雅之曰く。

出自はねなんだつていいんだ心さへあればただ愛するのみにて
西の空弓張月を斜に構へ前日夜からゴミを出すなり
天頂に膨らみかけた月出でて北面の武士自死するまでを
お手のものウクライナから取り寄せたレーズン・パイに舌を遊ばせ
尿近きわが福祉のため中座するＴＶはなほもつづくがしかし

猥雑なものと聴こゆるマーラーも《トリスタン》には敵はないから
キャリー＝アン無闇に銃を撃ちたがる女を演ず諾威《ノルウェイ》ドラマ
パノプティコン
カイヨウの叡智に学べWAR《ウォー》／GUERRE《ゲール》たれの言葉を借りてもいいさ
タナトスの働きならむエロスから破壊の力、排除の力

バタイユの更にその先見据えてる『呪はれた部分』読みこまむとす

「ポトラッチ」もとはと云へばモースなり世俗にありて聖なるものを

鏡像の中にあつたな言葉から伝へられてた戦争だらう

天覧のパノプティコンにもつながつてくる内面化された戦争

ラヂオにはラヂオの主体隠れなむそおつと立つて去りにしものよ

状況は悪くなるのみ悠久雨《ユークレイン》　悪夢はじまる果てしもなくに

必要が人を動かす例へばだ長崎事変7《セヴン》の最期

ラジエータ・ホースが破れ店を目指す残り三〇〇m《メートル》で完

陥落Ⅱ

陥落を避けることならできたのだがあまりの死者を出すこととなる

それでもね攻めこんできた惨殺はそこから始まる悪逆非道な
事態はだ悪しくならむとするばかりこの歌が世に出るときや来む

須磨離宮公園

満開の桜を前にシャッターを切るわれの歌やなぎ漉すなり
霧状になりて打ちつく噴水はえてしてそんなものにぞありける

チューリップ噴水かこみ並んでる今日は寒い日つぼみ開かず

『ドライブ・マイ・カー』を観て五首、うち一首仏足石歌体。

掃き浄められたるやうな幕切れに手抜きひとつもあらざりけりな

前半は家福《かふく》の視点で語りける後半は沈黙の彼にて

家福がね無言状態つづけるを見るに見かねて重き口ひらく人々のある

最終のワン・カットなり思ほえず心に残るものとはちがひ

雪降りて地面を蔽ふだからつてボンネットにはなんにもなくて

表　層

はじまりはロラン・バルトに帰着する深層ありて浮かぶ表層

表層を点字のやうに削り出す活字の効用いかしきらむか

探しもの

探しても見つからぬとき怖さゆゑ探し出せないときぞ遠のく

見つけるのに見つからないとふ情況に自分を追ひこむことが怖くて

探しもの捗らないのは怖くって見つからないと喘ぐ自分が

悲しきワルツ

夜半には《悲しきワルツ》がよく似合ふ作歌の合ひ間ココアを啜る

あずましい

このメモはレコーダーにもふきこめず直るまでの間くるしまぎれに

思ひ出でば母の作法を守りゐき米一粒も残さず食べる

六〇歳以上は無料と言はれてもあずましくない恐縮恐縮

数百体の遺骸出できて大通りここは地獄とたれかは云へり

ヴァーグナー詣も欠かさぬ夕べなりカーテン漉しに月光《つきかげ》を待つ

夜一夜を明かし歌殻いぢりをり合間五つの語学に触れる

眠剤を嚥み忘れてや眠られぬ時を無駄にす宵の口なれ

骸骨海岸

ナミビアの骸骨海岸ジャッカルが集まつてくる姿こほしも

縄文の昔からある風習や桃栗三年柿八年

鉤十字とならぬZのマークだがどことはなくに似て見えるかな

スターリン気取りで徹底しめつけにあきれかへれば底ひの深さ

戦闘に勝てるのと戦争に克てるのではちがふと小泉悠は
佐太郎さんあなたを目標に詠んできただだから云へるよいつかここにも

第1章

紀伊國屋

来むあらし来たらくるまできのくにや白浜までの遠きみちのり
世の中には綺麗なものがあるつてことをきみと一緒に確かめたかつた
軒端にはがくあぢさゐの花埋もれわざとも降らぬ雨を聞きつつ
物音がしてゐるだけでやすらへる日々はどこかへ行つたまんまで

大勢を引きこみゆくが鉄道ぞ収容所への道もさりしか

この道を歩むほかなしきれぎれの言の葉つぎてひとつとなせば

すぎちよびれ

対話より生まれし歌の数かずはいとも尊きものとこそ思へ

すぎちよびれ巨き泉の底が抜け梅雨寒に遇ふ文月も半ば

さりながら御しがたき知の行く末になに待つらむかおのづと知れり

柞葉の母の好みしコスモスぞこの身にかへて守るべきかな

帰属する先さへ遠くなりにけり頭《かうべ》を垂るるはつなつの午後

のみならず子孫奪へる存在に魔の一文字つくるほかなし

警戒心うすれつつある夕まぐれたれかがわれをさらひゆくがに

現し世を生くる者とてわが占むる立ち位置ひとつ明らかならず

乳母車

天帝の御名《おんな》において終曲を飾らむソーガ透きとほりたる

ヴァレリーの一言一句が身に沁みる秋には早い夕暮れの雨

よちよちとゆけばよかつた階段をころがりだした乳母車はも

「ねえ、今夜、どう」と云はれてすくむらむその八重垣を十重に二十重に
なかほどでベース・ラインが別の道あゆみはじめつ《カメレオン・マン》
ハービーにミニマリスムの礎となるつもりなどなかつた筈の
伏見なるアシッド・ジャズは不滅です長嶋さんが言つてたとほり
《ボレロ》から始まる系譜ミニマリスム標《しるべ》を立てた申し子ラヴェル

昔たれかかる試合に鳬をつけて十一回を投げきりにけり

歩数

生き延びる時よとまれと結ぶならわれらの狂気の道を教へよ

《叱られて》聴きつつ思ふ流し台倦むこと知らぬ母の手つきを

ズーム・アウトから始まつてフランシス・コッポラ流の漆黒の闇

天命は尽くるともなしいまそこにある危機からの音信を聞け
端的に云つて恐れてゐるならむ玉の緒のその長さみじかさ
いちどきに多くを出して行つてしまふそんな最期であつてよいのだ
刑場までの歩数をかぞふいつよりか余すことなき水を掬へよ

墓標

ひつそりとしたる夜の底みちゆけば蛙鳴くなり広田のなかに

なるやうにしかならぬもの見つづけてわれぞをかしきこの夕まぐれ

潔き響きなるらむグールドの《イギリス組曲》二枚目冒頭

墓標とはまた剣呑なこんなにも晴ればれとしたひと日のあとに

題「根」

芽か根かを摘みまちがへてへこたれてシャキシャキ感の薄れるもやし

あなぐらむ

眠れるは森かはたまた美女なのか押し問答の末に行き着く

ジパングに生まれて去にし者なれば小国克朋ならぶものなき

それなりに危ない橋も渡つてきたひとり見つけるまでの哀しさ

遺伝子の川とふ比喩のなかりせば気づくことさへゆめなからまし

シャーロット・ランプリングを畏れゐきわが春の世の夢のはかなさ

第2章

親族

透きとほる傘のうちより見上ぐれば雫ひかりと散りゐたりけり

いつよりかこの世のものとも思ほえず垣間見し間に雪は降るなり

つまづかぬやうに歩いてきた道のかたはらにあれ礫ひとつも

二人ならどうであつたか三人であつたからこそ救はれにけむ

崩れたる基本構造親族が至るところで殺し殺され

力には有無を言はせぬ翳があるさてソクラテスあなたは愚者か

これ以上待てぬものなら標なき道といへども歩み出づべし

月の光

〈秋風や頭の中に小さき骨砕けたるらむ音のありけり〉賢治

みんなみになにやらありて秋風や川面に襞はつらなりて立つ

一滴のむすびつたひて垂れさがり風にゆられて雫するまで

歳月を量りかねつつ方柱に水位を示す目盛り読みをり

この秋の田は枯れにつつさにつらふカニバリスムの夜明けくるほし

しとしとと沾す雨を慾しがつて乾いた肌をさらしゐにけり

クレールな月の光を呼び入れてレースの影を慈しみをり

営業

その土地を治めし者の系譜より消されたる王の影ぞ顕ちくる
知恵の輪の解ける瞬間その目から虹の走つたやうな気がした
おはやうに明けておツカレにて締める人世万事営業である
大佐なら月月火水木金金働きつめて去にてまひける

落ちてゐた母の孫の手さう言へば大佐の手首も曲がつてゐたが

混んできて汚れてきたから結局は誰かに出てつてもらふ夜が来る

鏡から剝がれ落ちたる欠片《かけら》踏み踊りつづけるうつつのいまは

約束のアポトーシスから熱死までマクロに嚥まれ消化されゆく

三丁目の夕日

神楽坂こんなにきつい坂だとは思つてなかつた一月八日

死んだ子の齢《とし》を数へる人のゐて母も同じと気づく夜の更け

たらちねが専務車掌に救はれてグリーン車をば宛がはれしこと

押入れといふものありけり電気店のそを隠れ家として鬼ごつこせり

《北風のキャロル》今更にして思ふペコちゃん顔の荻野目洋子

三丁目の夕日の向かうタワー見ゆ五人五様の東京にして

幸先をまた見送つて日月の向かふ方にぞ春は来つらむ

くり返し見た筈なれど見覚えのなき箇所あれば発見といふ

どつさりとストコフスキーに荷物もたせ坐つてゐるはグレン・グールド

こはれるものは軀だけではないんだと教へてクレタ島の伝説

億万の民こそ聴けといちにんを弔ふ鐘は谷に届きぬ

帰り際に毟りとりたる花の名を問へば松葉牡丹とこたへぬ

十九年過ごした住居をあとにするまでの数日温度差厳し

清瀬

そのままでいいとは誰も思はない然しそのまま見過ごされゆく
清瀬には結研もあれば東療も隠語だらけの町に育ちて
駅前の烟草店は銭受けとると膝下のバケツの水に落とした
「メチャクチャにして下さい」と言はせなむ灰だらけのきみいといとほしき

探してたものがあつさり出てきては言はせ給ふかお宝お宝
自分でも支配できないぼくのゐてご亭主などと呼ばれてみたし
定型の古き思ひの煮こごりを流しこむなり砥石のごとく
定家から後世に遺る財宝をわたくしたちは食ひ物にして
この世界小さくなつてゆくほどに途中経過を無視すらむとす

第3章

題「牧」

心性が遊牧民とは違ふのに飽かず転居を繰り返すひと

列　島

紫陽花を一輪くすねる婆がゐて母と気づけば声はかけずも

列島の脊梁部へと差しかかる両面にらむ唯一の県の

王道を歩いてるのはわれかとぞ言はぬばかりにその人は見え

出遅れたぶんだけ先は短いとわかってゐたが言ふも更なり

静かなる《熱情》下降音階の凄まじきかなグレン・グールド

もろびとの集ひてくべしまきの火を絶やすなかれと思ひこそすれ

非＝政治的人間

Kawaiiのスペルが Hawaiiと似てゐるとひとに言はれてはたと気付きぬ

なまじつか血を吐くやうな近代を追ひかけるから子規に迫られ

「人柄が信頼できぬ」おそろしき言葉がならぶ世論調査に

公示の日ニュースはみんなビビッてて種子島の空だれも触れない

われながら打ち上げ延期を気にしてる還る日を待つつもりだつたが

「没民」と聞こえた総理のひと声をボツワナと解すまでのときの間

定型をはづしてみるとツイートで気楽に喋るわれに愕く

クリニック帰りの木曜　期日前投票にてや権利行使す

看病雑記

落命の一語が浮かぶ心カテに験を担いで髭は落とさず

トイレに立つそれだけでよし朝食のメニュはこちらで考へてある

幾たびとなく仮り寝して日二食のリズム三度に合はせてゆきぬ

いつの間に開いた予備のタンクからエネルギーだらう斯うして出るは

八年間まもられてきたお返しに八年間を看守るわれは

ガンソと読む母にそれはね元素だよなだめるやうに訂正してる

刀折れ矢尽きてから言へ本当に地獄どころかありのまんまに

オハヨーを返すあひだの倖せをやがて失ふ時こそ来らめ

大人気博さずされど大人気のなかつたわれをわれは叱りき

誕生日ショート・ケーキより粒餡の鯛焼ほつす大正のひと

頑なに守りに入る性格と見抜かれてゐたそんな気がする

高きより低きへ流るる水の音のかはいい人よわれを忘るな

殉職の道を説くきみ山河在る故郷を捨てて爆死せよとぞ

疑はれつつある「国」とふ概念が柵を無化してい行くやうには

墨染の黒さは明らか袈裟懸けの布衣から覗くたけきむかもも

お別れをする人のない人生もあるんぢやないかと思ひはじめる

氷上に石を滑らすスポーツに気をとられつつ黄昏に遭ふ

おはじきとふ遊戯ありけりいかにして遊んだものか最早わからず

酸素食ふ動物と化したる未来型水素自動車おぞましきかな

塵ひとつなきまで流れて芥川いづくまでゆかな暮れ方のそれ

いつの間に下から目線に変つたかわれも気づかずたれも気づかず

低きより高等遊民ながむれば昔のわれの面影見ゆる

終活を手伝ひつつもわが手よりこぼるる砂の重さ測りぬ

五輪咲くまでは待ためや標本木われはたれとも結ばれざるも

ことしの桜

のしかかるやうに六甲山系を隠すは雲かはたまた霞
さくら散る堤の道を辿りきぬむかしの習ひいま偲びつつ
公園の主であらうか架線といひ枝えだといひひと群《むら》の鳩
ことしほど桜に敏き年もなし行く末までにあと幾たびの

先の見えぬ隧道へとぞ迷ひこむスマホは捨てて街へ出でゆけ

サンプラザ中野とともに《リゾ・ラバ》を歌つてたひとハイ、手ヲ挙ゲテ

世の中に右も左もなくなつて上と下だけ今は言はれる

族長に秋は来ないが筍の雨後に溢れむばかり育てば

ことし見し桜を記憶にとどめつつこが散りゆくを座して見届く

第4章

『あまちゃん』が終る！

歌声が耳鳴りとして聞こえくるアイドルなりし小泉今日子

足を洗ふことならいつも思ふかな弱者には奈落つねにありけり

世は変化するもの凄いスピードで待つてゐるのはわれのみにして

さつきまであちらにあつた空気がねカーテン漉しにこちらまで来て

明日からはどうかなだつてまだ空気が納品されてゐないここへは

打ち上げられしアザラシのごと寝る姿勢われはとるなり生きてるふりを

ドラマにも文法ありてガッキーのソックスを見てホッとするなり

劇中にアクロバティクス散りばめてはい左様なら『リーガル・ハイ』も

短日の衰えゆくを溶鉱炉よこ目に見てや文明の果て

寒気迫る日曜の朝シベリウス第二交響曲を聴きつつ

毛馬

夜を徹し読み耽りゐき『細雪』下宿二階の四畳半の間

体制が脆弱化してる我らがね引き受けなかつたことの数かず

「得むとせば」先づ馬からだ春風《しゆんぷう》の毛馬の堤に蕪村の訓《をし》へ

才能の有無とは別に相性の合ふ合はないがあつてそこまで

身中の虫になつかれ手放せずもがいてゐるか獄中の獅子

勝手踏切

初凪の隣りとはいへ場繋ぎの見出し語ありて思ひを寄する

旗日だと気づかせてくる市バスこそ我が脚なれと今日を言祝ぐ

いつだつて決まつてたのさ順繰りに処刑されゆく客人のこと

プロストがセナに抜かせたシケインに凡てはあつたとでもいふのか

ＮＨＫが「しんし」とルビをふる真摯が欠けてるあちらこちらで

《夏のクラクション》聴きつつ思ふなり戻つてこない夕ぐれの景

初耳の勝手踏切ＪＲ西日本ならではの鈍感

テロップにやしきたかじんの訃報読みドラマのすぢが追へなくなつて

マエストロ

《残酷な天使のテーゼ》しよこたんの持ち歌と知りむべなりむべなり

五官にて捉へがたきを科学者が弄んでるやうに思へて

青くして静かに見ゆる天体をわが星として娯しむ夕べ

追悼のコーナー設くアバド死して翌々日の専門店は
〈フィナーレ〉と名づけられゐしジルヴェスター世紀末にや想ひ遺して
帝王が君臨してた時代から四半世紀が経つてゐたのだ
マエストロの称号いつかブーレーズひとりを残すのみとなりしか
ラックからとり出してきぬシノーポリのシューマン第二交響曲を

草石蚕

仏の座いつまでもあるとはなしになし崩し的な選挙となりぬ

ひととせが恙なく過ぐ花瓶にぞ水仙ひと摑み放りこめば

押し入れに黙つて引つこむ名脇役寝返り打つた小林桂樹

草石蚕《ちょうろぎ》を食することにならむとは今年の恵方東北東にて

これ以上事件で尼崎の名を貶むるなと美容師は言ふ

天敵も誰しもゐなくなつた夜ひとり砂漠に立つ心地なり

血　脈

ひとりでも悪人だせば一族が路頭に迷ふこととなりけれ

視られてる看守の手には棍棒のパノプティコンのなかなる己

楠の葉の泣きすさぶらむ手のひらを反すきみから今は昔と

ゴォオォオォオォオォ回転音があがりくる機内にGが充たされるまで

マヤ暦の終末の日の近づけばわが終焉に思ひ馳せたり

歳の割には綺麗な脳で闘はむ見えざる敵と見ゆる敵とも

芽が出ないジャガイモのやうな人生をそれなりに潜りぬけて来にけり

人材の墓場といふか人材の宝庫と呼ぶかそは紙一重

ビル街に桜の枝は捲られて一陣の花吹雪立ちぬる

NEWSWEB 欠かさず見てますいい國を造ってくださいい鎌倉千秋

第5章

わたくし

わたくしは自身であつたほかはなく一体だれに抱かれてゐたの
だれと一緒に目を覚ましたかそれを問ふわたくしがゐてあなたはそこに
この声の主はあなたねだけどいまとぢこめられてるのはわたくし
どこまでがわたしでどこからがあなた定かならねば一夜に賭ける

手のうちのそれをしだいて発せむとさせるもそれはゆめのまたゆめ

先づタンを味はふことより始めたり様式美とはそんな食なる

乳ほどくかたみの着衣まぶしけれ房とふ房はしづくに濡れて

月赤く腫れあがりたる蝕を見て暈とふ暈の勃ちにけれ、いま

垂らし合ふかたみの唾をちちふさに零せば尖のとがりこそすれ

こすれ合ふかたみの器官いづくまで走れど満ちて来ぬはずのもの

自己愛の彼岸にあれば善悪の見境なくて午後の栄光

視覚をばふたがれたれば愛の園じらすといふわざ駆使すればこそ

ゆめのなかから呼び出だされたまどろみのなかでもゆめはつづいてゐたか

ゆめ見るなと言はれても見るゆめのまたゆめありてこそ夢にあるらめ

ぬけがらのやうになりたるわれを見て笑みをうかべて居しもわれかし

汗あゆるはつなつの午後岩礁に流れつきたるごとき裸婦あり

詩を紡ぐときは夜も更け薄あかり裳裾不埒なほどにみだれて

背表紙

ご家族の一員になるのと引き換へに母の葬儀に出てくるるひと

背表紙ばかり読んでゐてろくすつぽ中身は読まぬ者となりけり

沈みゆく船尾にありて垂直に落下しゆくは怖ろしきろかも

率ゐるし群れを思つた行動のいつの間にやら距離がどんどん

外に敵を作ることから踏み出だすことに気づいた幕末の志士

外敵に〈敵視〉させない外交ができるかどうか値踏みされてる

沈みゆく艦橋にてや叔父上は暗号表を抱いて逝きにき

日本の空気

ツイード一着仕立てたこともなかつたとしみじみ想ふ夕べなりけり

人類が最初の一歩を刻む日の月眺めつつキャンプしてゐし

ゆくたびに『ナサケの女』此処彼処日本の空気吸ふを罵り

金色《こんじき》に輝く柿を見たりけり病院までの車窓の向かう

リーガル・ハイ

剪定を終へたるみどり公園に充つる香りをわれはよろこぶ

半分ほど開花してゐる薔薇を見て明日もこの道たどらむとすも

三本の矢もへし折つてみせた結衣の力を甘く見るなよ甘く

卵黄の往復キスよ永遠に才気とばしる伊丹十三

手水鉢

深ぶかと青葉繁れる道ゆけば去年の落葉も掃かれし沿道

「浅草寺で鳩に襲はれて死ね」といふ悪態の精朝ドラに見つ

手水鉢の淡き思ひがよみがへる誰れ弔ひし日かは覚えず

心地よき風を入れつつ入梅のあとの晴れにも心踊らず

滅びゆく類

《夕星《ゆふづつ》の歌》口ずさみつつ散歩する青葉繁れる樹下を踏むなり

戴き物は拝領するに低うして頭《づ》を低うして頂くものよ

空梅雨の空模様そらに懐きつつジャコ・パスの二枚組を聴きたり

滅びゆく類に属すと気づくまで五十余年をゆめもうつつに

奥座敷とふことばありけりさほどにも闇は深くて黝ずんだもの

夏の朝まだき雨戸を隔てつついよいよ立てり蟬のもろごゑ

大江戸や虹にひと色殖えにけり彼方に副ふる豊の旗雲

金色の鯉うち眺ぬる池の面のうしろの一尾われは見ざりき

岡のもとの同じひとつの根方より岐れし枝に秋ぞ待たるる

軸線の定まらぬこそ松なれば蔭にひとつの爆ぜまく惜しも

隔てゆく道のわかれの標とてふたたびは見じ逢坂の関

たとふれば油と油の関係に国交と言ふ本質の見ゆ

目には目を、複眼的な国風《くにぶり》が見え隠れして霧立ちのぼる

つゆほども降らずあるらむ早明浦《さめうら》に降らせたまへよ九月の泪

悪石島

逆手にてむんずと摑む枕もとの人麿歌集い寝がてにして

みんなみの悪石島に整然とテント列ぶはちと無気味なり

甲板に枕ならべて日蝕を仰ぎ見る衆カメラは映す

屋久島の杉の年輪かぞへては二千年紀の気温読むてふ

玉子かけごはん隔週月曜の夕餉に食ぶるわれも太郎ぞ

夕子には朝子の産んだ卵から目をそむけずにゐてほしいのだ

厨には洗はぬ殿下立ちおはす姿かたちは昔のままに

組むといふ動作を起こす手に足に首といふ名の関節がある

第6章

富士五湖

あらざらむ明日と昨日の端境にありてなほある志憂し
山中湖・西湖・本栖湖・河口湖・精進湖まで〆て富士五湖
つい左手首もたげて見てしまふ仕草ひとつが今も残りて
磊落な人生だつたそんな気がするにはするがここまでくると

落人の群れともつかぬ円居にてわがそこに在ることや問はまし

御簾ごしに見しわがゆめのいただきにあれや原風景も姓も

エッシャーの無限の滝を浴びるときおのづとわかる感覚やある

失せたものと思ひしノート出で来てはああ早まつたことをしたとも

一生がそれで短くなるわけもなけれどここは驀地《がむしやら》にゆけ

あらざらむ先の命とひきかへに今を惜しめど目処は立たずも

異種同士人馬一体かなはねばなにするものぞ永久の別れに

噴き出だす汗こそゆかし寒空のした走りたり並木道まで

バンガローと頑張らうとの間では起こつてをりぬ子音交替

富士の嶺ゆ大きう見ゆるは伊吹山それは線路の近くにあれば

隣人の妻を愛せよかくとだにえやは言ふ気もなかりけるかな

うつせ身のごとき歌びとあはれとは我が知らぬまま打ち解けにけり

民草の央《なか》にあれかしきみといふ存在なれば言祝がむとす

レバニラを頼んだ時点で知らずけり左様なまでの貯熱ぶりかな

別天地はるかなるそら出づる月ぶつぶつ切れてなに食はぬ顔

二兎を追ふ物陰にてや思ふらむ一頭だけでも手には負へぬと

堰きとめるだけでよかつた遺伝子の川は三途の川思はする

免れ得ない現実と見ゆそこはかとなく生ひ繁る藻類いづく

満悦のレシピとなりて葉物野菜胡麻ドレッシングと呑むヨーグルト

修羅場なりとことん泣いてくさすらむそのいただきに果てもなければ

色も香も匂ひたつほどよかれかし親子ほどにも歳は離れて

近くにて牛頭馬頭どもの振る舞ひに怯ゆるひとの数を思はむ

第三次

天然の朝の光に良経を読めばこの世は安らかにして

愚挙ありて起こらぬことも起こつてく人の生死に関はることも

それはそれこれはこれとて大戦の引き金となる芽にてあらめや

面の皮厚からむをや寒き朝両手は痺るるほどに痛みて

ちちのみの暴力装置赦せない父にしあれば受け容れざらむ

別れてもおさまらざらむ恋心朽ちや果てなむ身のうちまでも

旅立ち

夢なれば夢と知らむをうつつとは分からで生きむ今日あしたなり

往きよしも還り果つべきならひにてうながされをり発汗作用

値打ちなら隠しおほせずぶちまけてしまへばよかつた《ファースト・フィナーレ》

甲賀・伊賀・根来とくれば忍びにてその系譜からはづるるものも

刀狩笑ふなかれとアメリカの白人至上主義の長ければ

たてじまの邪道は好かぬうちちうちに済ませた方がいいこともある

マーラーの望みし道を裏切つてなによからむかエリアフ・インバル

あらざらむ夜の果てへと旅立たむセリーヌからの葉書一枚

老舗より火ともし頃の消え失せてたれか来ぬらむ冬の夕暮れ

シェイクスピア

思ひ出すシェイクスピアは綺羅星のごと詩句詩句と迫つてくれば

自分には左様な財《たから》もありけるを改めてまた気づかされてく

中学で出会つたままのシェイクスピアいくとせ経ちぬその残虐の

下敷きにシェイクスピアがあるつてこと間違ひなけれ宮部みゆきの

イアーゴーの所作にうなづくわれありて『オセロ』こそは最高傑作

あれかしと言ふか言はぬかその辺で違ひて来ぬるデンマーク人

血肉となつてこの身についたものの出力はまだ半端なままで

家康

家康は一富士・二鷹・三茄子ひとそれぞれにものの好きずき

白頭山《ペクトゥサン》にて岐れたる二筋の風ぶつかつて雪をもたらす

文字がまだなかつた頃の不自由をこの身に引き受け語り了んぬ

腐れたる林檎のやうな大人にて掟知らずは違反なればぞ

補助線を付すことだから詞書くはへて読者に手を差し延ぶる

鉄瓶の把手は熱いはずなのに難なく手にする不自然さかな

サカモトの誤解願望それはそれわれにはわれの十代ありき
流れゆく日々に気圧され佇めばカニバリスムの夜明け近づく

赤　光

背表紙を眺むるために買つて来し書物なりけれ言ふはたやすき
あやかつて御初代様の名を借りる読みは少しく違ひたれども

輝いてゐしころなれば思ひ出す台《うてな》の花はとうに萎えつつ

快感はなからめ腕を差し伸べて採血さるる男性患者

快感のあるかあらぬか看護師の女性に聞くはをかしきことよ

刺す側と刺さるる側で立場がね違ってくるんだ逆転ののち

究極のレスビアニスム性愛のすがた男性原理をはづれ

排除さるる男性原理アダムからどれだけ離れて立つてゐらるか

天高く昇りつめたる赤光に心は踊る一月の夜

禁句ならさうだと言へばよかれかし自づと知れたことにあらねば

赤きものトマトに血流不浄なるものを忌避する傾きを知る

幼児期のその後のことは知らなくて豚の去勢を見せられしこと

縦書き

縦書きに立たせて初めて見えてくる景のこれこそ歌と言ふらめ

絶えだえの生きとし生ける者なれば理《ことはり》もまた久しからずや

秋風の中に落葉のちらほらと鏡の中のアリスと暮らし

三日月や西の空にし顕るれやがて消えゆく身をし惜しまむ

どことなく似た問題に見えてくる銃規制とこの副流煙

抜きんでて富士の嶺たかく聳ゆれば雲の彼方《あなた》の眺めなるらむ

つきあひて別るることを怖れなむかうも優しき者の末路ぞ

秋風に枯葉ちらほら舞ひあがるしてわが心ここにとどまる

冬ごもり時しもあれや神無月いづくにありて嘆くものやら

ナサナエル・ウェストからは音信もなくて七癖火遁の術や
ポルトレは小川真由美の京女めいた装束似合ひてをりぬ
沙翁から汲むべきものは些かも漏らさず受けとる今日この頃は
看破してゐたればなほも藤井くん攻めの一手は珠玉となりて
落としどころ誤つて見る赤裸々な心とは言へ鬼の霍乱

絶えだえの命ひとつを怺へつつわが身なりけり三月の午後

そこここにあればそなんの標なれ「の」の多様なる使ひ方にて

Looking for Mr. Goodbar

Looking for Mr. Goodbar　サントラの充実ぶりはほかにはなくて

しぶとかるダイアナ・ロスのためいきにうつとりとする朝明ひととき

悲壮感漂ふ主題歌の暗さ　Looking for Mr. Goodbar なり

お好み焼

そちこちで噴火警戒レベル上ぐ今のうつつとわかつてをれば

髑髏骨《されかうべ》までしやぶつてせせいのせいバーブ佐竹の声は忘れつ

青海苔を気にする齢でもあるまいし心は広く持つがよかれと

焼きたてを買つて来たれば美味しさも倍加するなりお好み焼きの

公立でアルマーニなどあらぬことあつてよいことなくてよいこと

癌

オプションでつけたる内視鏡検査ずばり的中大腸癌と

内科医と外科医それぞれ別の場で同じムンテラ真実を告ぐ

四cm《センチ》大の大腸癌および肝臓四所の転移見ゆれば
受けて立つ勇気持たばや切々と思ひのほかにうろたへる母

落ち着いてわが受け容れることなれば後顧の憂へ母には見せず

ステージⅣまで進んでたわが癌を五年後までは生かしてくれた

取り出だす臓器の一部手術とふ野蛮な行為でいともたやすく

悪性症候群とや告げたれば39℃の熱を帯ぶなり

心強い一言ありて「再発があつたらいつでもぼくのところへ」

わが運の配剤にして名医とは偶々会ひぬ外山博近

なくもない再発なればいつなんどき起こるかもしれぬそれを恐れる

二箇月に一度の血液検査半年に一度のＣＴ欠かさず

五年間ひとつの再発・転移なし二割のなかにわれも入りたり

十二時間隣のホテルに待つてゐし母を思へば悲痛なまでに

一年後外科医を訪ぬ彼はまた引き抜かれてや准教授とぞ

再発も転移もあらず五年間無事に過ぐしし時にもあらね

川とふ川

あらたしき目標立てばわれにこそ嬉しい限り２０２４

２０２０年のオリンピックを見ることを目標として来たりしわれは

遺伝子の川とふ川を閉ざしてもなほ残るべき者やあるかな

グールドのあとを走つたクレーメル程度にはこれ値ひすべきと

み吉野の桜はまださなんたつて千鳥ヶ淵が日本の真中

勇壮な前衛のみにてあらむかなここに後衛立つ意義のある

刃には刃をもつて切り返すパレードにパックス・アメリカーナ昔日の夢

《浄められた夜》よりここは空白がつづくばかりであなむなしきよ

加賀

ひむがしに朝焼け見えて今日八日春とは言へれ桜遠けれ

倒れゆくホテルの景を見せられて花蓮県とや台湾の地震《なゐ》

収穫期丁度大きい固まりを取つてくださるほどの大きさ

それ以上大きくても小さくてもだめ丁度よい大きさなれば

白難《しろなん》のみすずによつて刊行されしハリー・スタッフ・サリヴァンのこと

グリーグと哀しきかなやカップリングされたるもののモーリス・ラヴェル

白雪をかぶつたままで加州なれ金沢目指すトラックなるかな

JPCZ なんのこつちやら冬型は加賀越前に雪をもたらす

第7章

雅彦

天狗党が関はつてゐたとは愕きぬファミリー・ヒストリー津川雅彦

伝太郎より流れたる血脈は平成にして津川雅彦

葵三代再放映待つ家康は津川を以てとどめとなせり

伊丹映画に欠くべからざるその後にて役者となつた津川雅彦

ピアニスト

リヒテルの怒れる男ならむかもブラームス弾くときのその顔

ホロヴィッツあるかあらぬか電光の展覧会のムソルグスキー

アクションを起こしてみなけりやわからないリアクションから読み解くわれは

散るまでを待ちならひけむゆく春はうつつのままで夢に還らじ

言の葉を紡ぐ先から消えてゆく幽玄模糊としたる現実

ピアノ協奏曲第25番。

天つ日のそのモーツァルト天賦の才にてミケランジェリは

ブラームス。

仕上げには第一ピアノ協奏曲終楽章を以て散るらむ

熊　本

熊本に集へる人のひとしなみ老いも若きもひとつにあれば

ぬばたまの夢路に懸かる雲なれや果ては知らずきもとはいづくに

さざれ石のなべてはわれのものなれば苔むすまでの時の間みじか

諸事情を考慮すればそまかなへる範囲自づと限られてくる

傾いた道標から切り出した木片なればな触れそ触れそ

耐荷重超ゆれど何かを背負ひしにかくも壊れし発条のやうなる

死者に対し自責の念を抱くのは勝手なればぞ触るるなそこに

待つ

花散らすあけぼのの春来たるらむ今日この頃の余談せしまに

窓を拭く作業の果てに明らかな透明を見る朝の店にて

朝の店にアイスコーヒーいただけば氷解けなむ時待つうちに

水のうちに氷とくらむ浮かべてや静かに見守る心地こそすれ

時待つは苛立ちのもと末永く生きむとすれば怺へよ今は

いささかの曇りもなくて候へば吹き閉ぢるべき空もやあらぬ

はかなくて千々に乱るることもなくすぎゆく時と言ふべかりけれ

シューマンとブラームス

イ短調協奏曲をとつてみるされどなほのこと美しきシューマン

花散らすあけぼのの春更けにけりほととぎす啼く季《とき》の到来

日光のありがたみを知る季節にて若さに勝つたロベルト・シューマン

常のことシューマンを聴くたびごとに今度ばかりは勝手ちがつて

連作になりたがつてる句を欠けばよろず立てたる一首直立

このあとでなにから始むことさらに強弁してた口論のあと

からつきし駄目なる男の子われはわれ母は見ざりき行く末までは

妙ならむハイドン変奏曲第七無類にあれば言葉失ふ

ブラームス《間奏曲》の優しさを遠くに聴いてゐた日々のこと

建築家

ホッとする場面がありて集中は保たれる　ＫＥＮがゐるから、信介

テレビ・ドラマ史上に残るキャラとして桑野信介語り告げなむ

春過ぎて夏川結衣の輝きにあふるる笑みをわが賞でてをり

絶えず右に傾く姿勢にてものをもたうとすれば震へとまらず

よかつたらよつてゆきなむ春までのまだ日も深い冬にしあれば
建築家目指したことはないけれど奥行き深い世界なるらむ

I・G・Y

すべてはだ預言されてたことなのだ《I・G・Y》の巻頭部位に
ブギ・ウギの軽い調子にのせられてつい立ち上がるドナルド・フェイゲン

僕と彼《か》のどちらが愛人だつたのかそれはわからず異性にあれば
犯してもゐない罪なら罰などを与へるつもりはさらさらなくて
着けるわれとは別に外すわれもゐて成り立つてゐるこの世界はも
空回りしてるまにまに肝腎のことは外部に漏れ伝はつて
とり敢へず手にとつた吉田秀和の古き器をわれは離さず

シロタ株

霰から融けたる雨滴浴びにつつ朝の散歩に出でむとするも

霧の立つ旦《あした》となりぬすべからくなかつたことのやうな気がして

大鵬が貴の乱にて一役を買つてゐたとは今聞けること

「革命家は仲間を不安にさせるもの」木村太郎からの受け売り

どれだけの死者を出したらとまるらむ全米ライフル協会あはれ

シロタ株勧められつつあとにするここは泌尿器専門なれど

老医師はわれを忘れず思ひ出すどんな会話であつたかは別

昔なら一尾まるごと買つたもの今は切り身で売られてをれば

前立腺まで問題ナシといふことであとのぬめぬめ拭いてくれんぬ

もともとは腎臓結石で結ばれた医師との関係いつまでつづく

一生

女体には女体が似合ふ本来の愛の姿を垣間見すらむ

見えるとこならどこにでも顔を出す虫の化身か高橋一生

『カルテット』行間を読む今時分の常識なればわれは楽しむ

肱をつく優男ぶり益荒男の血が流れてる高橋一生
もてもての高橋一生どこにでもゐさうでゐないキャラが立ちたり
やみくもに高嶺の花を求めつつ無為に過ごした春とこそ思へ
一生が白楽天を演ずなり『空海』といふ映画の話

秋のソナタ

内側に這入りこんでく目を持たなかつたと言へば嘘にはなるが

大手術受けたお蔭で生き延びた五年とはいへゆめ油断すな

日焼けした若き日うらむひとにして当節事情が違ふと嘆く

左右両の手あげて組み合はせ温度差あればそれぞれ凶兆

女性から返事を貰ふひさびさに光の差せばいつか来た道

勾配を往き来するぶん暗くつて秋のソナタよわれを揺らすな

不愉快な受付嬢の反応をいちいち気にしてなんとするのか

初場所

千代丸のまろき腹にし思ひ出す敢へなく散つた玉乃島のこと

突き押し違ひわからずこの二年ただテレビにて追ひかけてきた

山鳥の尾のしだり尾の噴煙のやれ怖ろしや本白根山

高安の心地よき押し荒鷲を一蹴したり十三日目

颯爽としたる栃ノ心去りゆくは夜の両国国技館前

平　昌

こんな場で焦つてどうなる天晴れな平野歩夢の落ち着きぶりよ

若さの美平野歩夢に見出だしぬ新人類とふ廃語あれかし

体型が変わりゆくなか沙羅ちやんのオリンピックが終はつてゆきぬ

つねに外人の贔屓であつたわれ訾とならむマーレン・ルンビの

起こらずよ番狂はせは頰赤きマーレン・ルンビは無敵なるらむ

《Imagine》をもつてくるつてあまりにも前近代的なやり口にして

菜那の勝つことなど夢にも思はずきチャンネル選びも正しからずや

国歌なほ短くありて国旗がね先回りして歌を待つてる

この目にて高木美帆らの滑走を見つ金メダルまでのあれこれ

独と露の競り合ふ姿ここに見つアイスホッケー男子決勝

サドン・デス死語ではなかつたまだここに残つてたとは知らずありけり

パシュートの団体決勝見逃してなんとなつたかわれは知らずき

適温経済

欠かせない気象情報ニュースまへ同じひとつの国にしあれば

一転して同時株安恐れたる意味は知らねど適温経済

高位級派遣団員なにを見てなにを話すかそこが焦点

愕くに値しないぜ天国がそこに開いても口は塞がず

傘がある

傘がある雨にも負けぬ力あるされどどこまで信じたものか

月並みな言葉で言へば突つ立つてゐたのだわれはその場その時

多弁癖どこかで鎮めるものならむこのノートすら要らなくなつて

過労死を恐れてゐたのは誰だつけ恐れぬ者から去にてまひけり

そもそもが異物のやうな存在でありつつわれは黙しゐたりき

噴き出してきちまふわれをいかにせむメモを残して入力を待つ

《クロイツェル・ソナタ》頭に響きつつわれは主治医の到着を待つ

無調からドデカフォニーへの転落とわれは思ひつその跳躍を

劣悪な環境からは育たない種全作と言ひき角南《すなみ》氏

薄曇る向からうに日輪見てをればわれらが星の小ささ思ふ

第8章

二十一世紀

ポリティカル・コレクトネスを信じない我が居ればこそ歌を詠みけれ

われわれがあなたを含むときにこそ危ふきときとわが思ふらめ

なくてなほ余裕はなくて奈落からひとを赦さむほどの叡知は

二十一世紀を遠き未来とて見てゐし頃が昨日のやうで

滲んでた記憶の隅にちよつとした綻びのごと不安気にして
秘めてゐるうちはまだまだ可能性咲いてこそ花結んでこそ実ぞ
たくなはの千尋先生いまいづこにて我が歌を読ませ給はむ
からつきし自信の持てぬ現状をいかにかくぐりぬけむ、ここから
現実はすべて悪夢のなかならむいかにかここを抜け出だせむをや

人生におまけがあるとしたならばそのおまけから何事かせむ

置き狸

置き狸やはり信楽焼のことならむ昭和天皇御幸のありて

単純なフォルム通じて十分にエロス表はすアンリ・マティスは

チェ・ゲバラのシガレット・ケースそをもちてわが行く道はいづくにつづく

葬送行進曲即《エロイカ》の第二楽章とふ頭があつたのではグスタフ

マーラー《第五》。

ブーレーズ盤圧倒的に佳き出来に帝王もはや過去の長物

マキシムで冷コーつくる樋口さんのことなど思ひ浮かべながらも

ライターをひと袋に集めてみれば。

凶器準備集合罪に問はれかねぬほどコンビニでまとめ買ひする

UR賃貸住宅を出る際に思ひ切りよく捨てたものども

どうしたら餡掛になる天津飯食べたいだけのIntentional Tremor
単純なかたちからなむ切り出だす『JAZZ』特有のタッチ確立

トラウマ

キャメロン・ディアスのポルトレに飾られたThe Body Bookなる本を書棚に見つけて。
女性のために女性が書いた一冊を読む男われ興味深けれ
懐かしき「カクテル光線」言葉には言葉の力ありて生き延ぶ

暗黙の了解としてＤＶは見えぬところで進んでゐたり

assexual　わが半生の重石《おもし》とてのしかかる力に耐へてきたけど

Hermaphrodelight　なんのことやらわからんでつぶやくぼくは還暦目前

歌詠むは女男にかかはらずあつたことです。よござんすか子規さん

小枝から順に払つて落としてく断捨離と一口に言ふがね

愛着のほどは底なし言はれてもさうやすやすと手離しきれず

裸婦

マイルスの《Tutu》聴くまひる額から汗はだらだら落《あ》ゆるばかりか

マイルスが《Perfect Way》のカヴァーをす《Tutu》一番の聴かせどころよ

つもりではMBSを見る筈が徹子の部屋にアキが出で来て

ＭＢＳを見るかラフマニノフを聴くかどちらが今に相応しきかな

退廃的とはこれを指すのかラフマニノフ第２協奏曲リヒテルで

裸婦を描くアンリ・マティスの力感を思ひ出しゐつ『ＪＡＺＺ』もさなりて

ゴーギャンのラフなタッチで画かれし女人の景をわれはたのしむ

六月にしてこの暑さ夜昼を逆さにしてやきみ苦しまむ

一通はすでにポストへ届かないうちにもいちど書かむ礼状

アトリエ

社会内存在としてのわれありしときより些か隙を見せたり

ことのほか煩はしきはいちいちを報告すると誓ひしのちの

来ぬひともなにか障りがありつべし出町柳のよその夕暮れ

アトリエは要らないだつて歌ひとつ詠みあげるなら立つたままでも

綻んだ『めぞん一刻』ときのひと高橋留美子いづこなるらむ

清明なる空を抱かむこの春の終りを告ぐる山吹の花

芳賀書店やつてくれるなシャーロット写真集にぞしばし見入れば

最早つき動かされるものなしされどランプリングに踊らされてる

遅咲きの花にこそあれ咲きたるはおほけなき肢体もてる者とて

両国

まほろばに夕闇がくる両国の安全保障ゆるがせにして

両国の博物館に朋とゆくあれは平家の展示だつたか

懸賞をもぎとつてゆく手つきからこいつにや品がないとわかつた

たすき反り宇良の名前に恥ぢぬよきものを見たりし国会ののち

宇良がへし対里山のとり口に中継アナは声を弾ませ

勢ひの稀れなる里に春は来てゴッドファーザー何思ふらむ

理事長の言葉の中に文化とやかくも長かり相撲の歴史

勢《いきほひ》は勢《きほ》ひ余つて土俵下その名の通り突進したり

自虐ネタ幾つ演じてきたものか暦も還る年といふのに

両国の今後の行方短詩型文学よりも読みづらきかな

皇帝

暴徒には加薬御飯の一杯も食らはせてやれ南無阿弥陀仏

フーコーを傍らに置きつつ読めば手稿、校正励みとならむ

唐入りの拠点名護屋は現在の唐津付近であつたと知りぬ

初蟬のこゑを聞くなり日曜の夜の訪れたれが出立

春雨のやうなる糸を引き雨は降るなり南九州蔽ひて

愚賢帝さまざまなれどティベリウスどちらに入れる風に聞かうか

《皇帝》も変ホ長調雄壮な胸をはつてよろしきろかも

多目的室とはなんだ一定の使途あらなくに置かれたるかも

馬場

路面には徐行うながす菱形の多《さは》にありせば街のしづけさ

うちひさす宮古島より伝へ聞く真白き肌を好む人あり

大抵のひと躓けば石の上降るにまかせて水面さやぐも

家並には珈琲店がよく似合ふこの町はづれ人影もなく

限界にあらむか木の葉時雨とてあとからあとから風花は舞ひ

ヴァレリーを経ぬままこれを書いたとて誰も信じぬならひなりせば

或る程度はのつけられるがそれ以上無理を強ひれば壊れる器

オルテガに空手チョップを食らはせてるその人の名を馬場と言ふなり

ほかの誰でもないわれの立ち位置の置かれむことをひた望みをり

古いから排されてきたしかすがに渡しなればそ誰れ偽らむ

Velas

あをあをとしたる真中に夕日受け風に乱るる草に囲まれ

もともとは火葬場なりと聞きをれば胸にしばらく疼くものあり

値する万死などそはあらなくに沈んでいつた叔父上はいま
人生の切り拓き方間違へてここにかうして立つてゐませり
夜も更けヴァイオリンなど聴きたくて漁つてゐたらアルヴォ・ペルトに
《Velas》から匂つてくるんだ夏の日の終りを告げるプールサイドの

あとがき

二〇〇八年から二〇一八年にかけて、未来短歌会の発行する同人誌「未来」に投稿した歌を中心に、未発表新作の六〇首を加へたものに『陥落』といふ題をつけて、一巻とする。

第二歌集『リチェルカーレ』、第三歌集『ＮＵＴＳ』から九年間を経て、ここに発表の場を得たものである。

出版に際し、砂子屋書房主人 田村雅之氏の御手を煩はせることになつた。もつて感謝の意を表したい。

二〇二二年四月吉日

資延英樹 識

著者略歴

資延英樹（すけのぶ・ひでき）

一九五七年　埼玉県北足立郡新座町（現在の新座市）に生まれる。
一九八一年　京都大学文学部アメリカ文学科卒業。
二〇〇〇年　「未来」入会。その前から主に朝日カルチャー・センターを中心に岡井隆に師事する。
二〇〇三年　未来賞受賞。
二〇〇五年　第一歌集『抒情装置』（砂子屋書房）を刊行。
二〇一三年　第二歌集『リチェルカーレ』、第三歌集『ＮＵＴＳ』（共に砂子屋書房）を刊行。
二〇二二年　本集、第四歌集『陥落』を砂子屋書房より刊行。

歌集　陥落

二〇二二年七月一〇日初版発行

著　者　資延英樹
兵庫県尼崎市南武庫之荘三―五―一四―一〇四（〒六六一―〇〇三三）

発行者　田村雅之

発行所　砂子屋書房
東京都千代田区内神田三―四―七（〒一〇一―〇〇四七）
電話　〇三―三二五六―四七〇八　振替　〇〇一三〇―二―九七六三一
URL http://www.sunagoya.com

組　版　はあどわあく

印　刷　長野印刷商工株式会社

製　本　渋谷文泉閣